미아 힐링하우스

KB210231

상상출판

미아 힐링하우스

내가 만난 고양이, 나를 만난 고양이

지붕 너머 어딘가에
이곳보다 행복한 곳이 있다면 좋겠어.

Prologue

'고양이들의 세상'은 '인간들의 세상'과 다르지 않다.
타고난 성격 그대로 살아가기도 하고,
인간 집사를 만난 고양이들은 생존을 위해
변화를 거듭하며 다양한 모습을 보여주기도 한다.

우리의 인생이 '선택의 연속'이듯
혼자 살아갈지, 다른 고양이와 공생할지, 집사를 간택할지
고양이들도 선택을 해야 한다.

나를 집사로 간택한 고양이들과
내가 선택한 고양이들이 함께 사는
'미아 힐링하우스'에 오신 것을 환영합니다.

※ 책에 나오는 고양이들은 시간의 흐름순이다.

Mia—
healing
house

Welcome

contents

내가 만난 고양이

Part 1

나의 마당에 스스로 찾아온 고양이들

contents

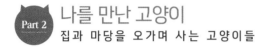

Part 2 나를 만난 고양이
집과 마당을 오가며 사는 고양이들

미아 힐링하우스 마당냥이들 족보

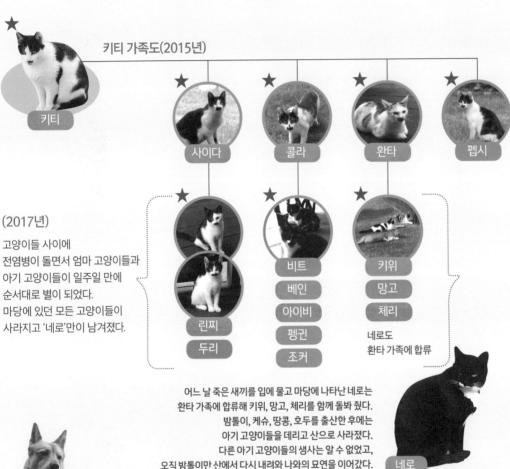

★ 키티

키티 가족도(2015년)

★ 사이다   ★ 콜라   ★ 환타   ★ 펩시

(2017년)

고양이들 사이에
전염병이 돌면서 엄마 고양이들과
아기 고양이들이 일주일 만에
순서대로 별이 되었다.
마당에 있던 모든 고양이들이
사라지고 '네로'만이 남겨졌다.

★ 린찌
두리

★ 비트
베인
아이비
펭귄
조커

★ 키위
망고
체리

네로도
환타 가족에 합류

어느 날 죽은 새끼를 입에 물고 마당에 나타난 네로는
환타 가족에 합류해 키위, 망고, 체리를 함께 돌봐 줬다.
밤톨이, 케슈, 땅콩, 호두를 출산한 후에는
아기 고양이들을 데리고 산으로 사라졌다.
다른 아기 고양이들의 생사는 알 수 없었고,
오직 밤톨이만 산에서 다시 내려와 나와의 묘연을 이어갔다.

네로

할리 가족도

할리

(2017년 3월 9일)
고양이들이 떠나고
텅 빈 마당에 나타난 선물.
길 잃은 할리가 우리 집을 찾아왔다.

토비

(2017년 6월)
타 지역 출신
고양이 구조

할리가 5개월 때
3개월 된 토비를
직접 키워 냈다.

포터

(2019년 11월)
겨울에 데려온
호돌이의 아기

할리가 2개월 된 아기 고양이
포터를 직접 키워 냈다.
2022년 이후 실종 상태이다.

밤톨이
네로의 딸

밤톨이 가족도

네로에게 남은 유일한 아기 고양이였던 밤톨이는 마당에서 부르면 산에서 내려와
밥을 먹으러 왔다. 임신한 밤톨이를 끝까지 돌봐 주겠다는 약속으로 묘연이 시작되었다.
허전했던 마당이 다시 밤톨이의 가족으로 채워졌다.

1차
(2018년 6월)

곰돌이

나를 가장 사랑해 주는
고양이 중 하나다.
지금도 마당과 집을
자유롭게 오가며
살고 있다.

호돌이

태어날 때부터
지금까지 곁을 주지
않았지만 출산 이후
나의 도움을 받았다.

막내

형제인 곰돌이와의 서열 싸움에서 밀려나
사라진 지 2년 후 건강이 악화된 상태로
길에서 나를 다시 만나 집으로 돌아왔다.
나와 함께 살다가 별이 되었다.

2차
(2019년 7월)

아톰

이기적인 고양이
아톰은 커서 7남매를
출산하게 된다.

베트

병원에 입원해서
결국 병원에서
마지막을 보냈다.

베인

집 안에서 직접 돌보며
함께하다가 별이 되었다.

3차
(2020년 4월)

던킨

도넛

가장 친한 사이인 던킨과 도넛.
똑같은 증상을 보이며 아프지만
아직까지 씩씩하게 살아가고 있다.

치토

치토는 이웃집에서
밥만 먹고
집에 오지는 않는다.

타코

집과 마당을
오가며 잘
살고 있다.

레오

마당냥이로 태어나
짧은 시간이었지만
나와 많은 추억을 쌓은
고양이다.

호돌이 가족도

호돌이
밤톨이의 딸

밤톨이의 첫 출산 때 낳은 딸. 한 번도 만지는 것을 허락하지 않았지만 출산 후에 도움이 필요하면 항상 아기 고양이들을 나에게 데려왔다. 지금도 보이지 않다가도 도움이 필요할 때면 나를 찾아온다. 나는 호돌이의 출산을 도우면서 고양이들에게 중성화 수술이 필요함을 알게 되었다.

1차
(2019년 4월)

MAY ★

1살이 되기도 전,
어느 일요일 이른 아침
문 앞에 죽어 있었다.
나를 기다렸던 것 같다.

JUNE

아직까지도
곁을 주지 않는다.
밥도 옆집에서 먹어서
얼굴 본 지 오래되었다.

엄마 호돌이는 첫 출산부터 모성애가 충만했고
MAY와 JUNE을 잘 키워 냈다.

2차
(2019년 11월)

해리 ★

추운 날 태어나서
일주일 만에
별이 되었다.

포터 실종

한겨울에 집 안으로
데리고 온 포터를
할리가 키워 주었다.

반려견 할리는 지극정성으로 포터를 키워 냈고,
둘은 많은 시간을 함께했다.

3차
(2020년 4월)

감자 ★

고구마 ★

감자와 고구마는 1살에 사고로 별이 되었다.

마늘

모습을 감췄다가
2024년 초 집 근처에
나타나서 밥을 먹고
잘 지낸다.

생강

많은 고양이 사이에서
힘들어해 이웃집으로
영역을 옮긴 후
사랑받으며 지낸다.

4차
(2021년 5월)

심바

티몬

쿠팡

날라

호돌이의 네 번째 출산으로 태어난 고양이들은 대체로 건강하지 못했지만, 여전히 집과 마당을
공유하며 지내고 있다. 특히 심바는 간질 증상이 심해 집에서 보호하고 있다.

아톰

밤톨이의 딸

아톰 가족도

아톰은 처음이자 마지막 출산으로 7남매를 낳았다. 육아를 감당하지 못한 아톰을 대신해
남자친구 캔디(밤톨이의 젖을 먹고 자란, 남이지만 남매 같은 사이)가 아톰의 아기들을 키워 냈다.
캔디는 아기 고양이들이 다 자란 후에도 그들의 영역을 지켜 주기 위해 평생 싸웠다.

1차

(2020년 5월)

이삭

어릴 적부터 소심하고,
적을 두지 않아
싸움이 없었다.
뭐든지 양보하는 고양이다.

이브

보호해 주던 캔디가
먼저 별이 되면서 어느 무리에도
끼지 못하고 혼자가 되었다.

★
요셉

7남매의 리더였다.
생각지도 않게
4살이 된 지 얼마 안 돼
별이 되었다.

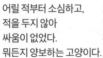

★
요한

★
카인

★
아담

★
야곱

넷은 커 가면서 중간에 사라져 정확한 행방은 모른다.
당시 여러 마리의 고양이가 한꺼번에 태어나면서 하나하나 상태를 파악하는 데 어려움이 있었다.
그런 이유로 고양이 중성화(TNR)를 시에 신청하기도 하고, 개인적으로도 시작하게 되었다.

★
캔디

(2019년 7월)

밤톨이의 젖을 먹고 자라 밤톨이 가족의 일부가 되었다. 아톰의 남자친구로, 그를 끝까지 지켰다.
아톰이 낳은 7남매를 잠도 못 자면서까지 직접 키웠고,
작은 몸집에도 불구하고 영역 싸움을 해 가며 아기 고양이들을 지켰다.
아기 고양이들도 크고 나서 캔디를 아빠 모시듯 함께 살았다.
캔디는 최고의 의리남이자 사랑이 뭔지 아는 책임감 있는 남자였다. 몸이 망가진 캔디를 위해
이웃집 수진이가 치료에 최선을 다했지만, 하루를 넘기지 못하고 별이 되었다.

7남매 육아에 지친 아톰과 캔디

아톰이 쉬는 동안 아기 고양이들을 단속하는 캔디

JUNE 가족도

나는 지금까지 JUNE을 만져 본 적이 없다.
그런 JUNE이 출산 이후 나에게 도움을 구했다.
아기 고양이들이 태어나자마자 겨울이 오면서, 그들을 나에게 데려올 수밖에 없었다.

JUNE
호돌이의 딸

1차
(2020년 10월)

★
커피

5남매 중 가장 건강해 보였던
아기 고양이 커피는
갑작스럽게 별이 되었다.

라떼

타고난 애교에 처음부터
사람을 따랐다.
자매 사이인 모카와
가장 친하기도 하고,
매일 싸우기도 한다.

달고나

카페하고만 친하게 지내고
그 외엔 혼자 지낸다.
잠잘 때도 주로 카페와
함께 잔다.

모카

5개월 때 한쪽 눈
적출 수술을 받았고
지금은 건강하다.
특히 높이뛰기 능력이 탁월하다.

카페

질투가 많고 사랑받고
싶어 하는 성향이 강하다.
항상 조용하고
잠자는 시간이 길다.

고양이 엄마 JUNE은 젖을 먹여 아기 고양이들을 키웠고, 할리는 실내에서 아기 고양이들을 놀아 주거나 함께 잤다.

미아 힐링하우스를 직접 찾아온 냥이들

장마

(2016년 6월)

비가 끊임없이 내렸던 장마에
집 앞 하수구 아래로 고양이 우는 소리가
3일째 들렸다.
비가 조금 그치고 확인했을 때,
아기 고양이 한 마리가 있었다.
처음으로 고양이 분유를 먹이고 온종일
내 몸의 온기를 나눠 주며 살려 보려 했지만
잠시 외출한 사이 장마는 별이 되었다.

소리   아기

(2016년 8월)

길가에서 아직은 아기 같아 보이는 소리가
자신보다 더 작은 아기 고양이 한 마리를
데리고 나에게 찾아왔다.
젖 먹이는 것도 아직 못하는
엄마 고양이가 있다는 것을 그때 알았다.
아기 고양이를 구조해 집에서 살려 보려
노력했지만 아기는 별이 되었다.

스카

(2016년)

내가 이사 오기 전부터 이 동네 고양이
서열 1위를 맡고 있던 잘생긴 고양이였다.
고양이들도 보는 눈이 비슷한지
암컷 고양이들은 모두 스카를 좋아했다.
하지만 스카는 점점 나이가 들면서
마당에 오는 일이 적어졌다.

신명이

(2016년)

뒷집이 멀리 이사 가면서
우리 마당으로 왔다. 나이가 많고,
아기 고양이들의 밥까지
다 먹으려 할 정도로 식탐도 많았다.
나를 따라다니며 말도 많이 했던 고양이다.

봉지와 바야

(2022년 11월)

유난히 겨울이 추웠던 해,
봉지와 바야는 우리 집에서 서로를
처음 만났다. 겨울을 보내며 서로 돌보는
사이가 되어 함께하다 먼저 떠난
봉지를 따라 바야도 별이 되었다.

구름이   담비

(2019년)

우리 마당에 찾아와 밥을 먹었던 구름이
와 담비도 어느 날부터 보이지 않았다.

예삐

(2020년)

예삐는 아기 고양이들을
나에게 맡겨두고
어디론가 떠났다.

알렉스

(2022년)

동네 다른 집 언니네서 살다 나를
집사로 간택한 고양이.
현재도 나와 잘 살고 있다.

푸바오

(2024년)

최근에 우리 집에 나타나
자기 집처럼 살고 있다.

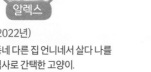

수리

(2022년)

옆집에서 지내던 수리는
몸이 아픈 상태였다.
가장 나이 많은 네로를
의지하며 지내고 있다.

몽키

치타

(2021년)

엄마 몽키와 치타는
자유롭게 우리 집을 오가고 있다.

쇼리1

(2021년)

현재 우리 엄마 집
마당에서지내고있다.

쇼리2

(2021년)

2021년 11월에
우리 마당에서 만난
쇼리 2는 2024년 5월 8일
별이 되었다.

우리 집에 왜 왔니

2015년, 단순히 '내 땅'을 가지고 싶은 마음에 아파트에서 전원주택으로 이사를 했다. 그런데 이사하고 보니 내 땅인 줄로만 알았던 주택 마당에 고양이 가족들이 살고 있었다. 고양이들은 마당에 자신의 영역표시를 하고, 서로 서열 싸움도 했다. 고양이들을 마당에서 쫓아내려 많은 시도도 해보았지만, 떠날 마음도 없고 갈 곳도 없는 고양이들을 쫓아내는 건 나에게 불가능한 미션이었다.

2016년, 겨울이 시작될 무렵에 엄마 고양이 하나가 어디선가 새끼를 낳아 내 마당으로 하나둘씩 데려오기 시작했다. 그 뒤로 나와 고양이들과의 영역 싸움은 '공생共生'의 길로 이어졌고, 나는 아기 고양이들의 이름을 짓고, 밥과 물을 챙겨 주는 집사가 되었다. 사람들은 그런 나를 "캣 맘Cat Mom"이라 불렀다.

mia_healinghouse

내 땅이야

이만큼, 여기까지가 내 땅이야.
너희에게는 내 땅이라고 자랑할 수 있을 것 같아.
맘껏 놀고, 맘껏 쉬고, 맘껏 행복하길.
너희가 잠시 사는 동안
내 땅에서는 안심해도 돼.

Part 1

내가
만난
고양이

나의 마당에
스스로 찾아온
고양이들

01

**누구보다 사연 많은
엄마 고양이**

네로

2016년도에 우리 집 마당에 찾아온 네로는 입에 무언가를 물고 집 둘레를 빙글빙글 돌고 있었다. 쥐를 물고 있나 싶어 제대로 볼 용기가 나지 않았다. 그런데 몇 시간이 지나도 네로가 입에 물고 있는 것을 놓지 못하고 서 있었다. 남편과 내가 조심스레 네로의 입 주변을 살폈다.

네로 입에 물려 있었던 것은 '아기 고양이'였다. 아기 고양이가 숨을 쉬지 않는 것을 확인한 우리는 처음 만난 네로에게 다가가 말했다.

"너의 아기 고양이를 좋은 곳에 보낼 수 있도록 도와줄 테니 입에서 그만 내려놓자."

네로는 우리의 말을 이해한 듯 입에 물고 있던 것을 바닥에 내려놓았다. 남편이 아기 고양이를 땅에 묻어 주려 마당 옆 산 쪽으로 향하자 네로도 눈으로 직접 확인해야겠다고 생각한 듯 우리를 따라왔고, 아기 고양이를 좋은 곳으로 떠나보내는 동안 우리와 함께했다.

"나의 아기 고양이를 좋은 곳에 보낼 수 있게 도와줘."

네로는 환타의 아들 '망고' 곁을 떠나지 않았다.

환타 가족과 함께하며 행복했던 네로

네로는 우리 집 마당에 살기 시작하면서 이미 세 마리의 새끼고양이를 키우고 있던 '환타 가족'과 친해지기 위해 많은 노력을 했다. 결국 환타 가족은 네로를 가족으로 받아 주었고, 이후 환타 가족의 모든 사진에는 네로가 함께 있다. 네로는 환타의 아들 '망고'를 너무 좋아해서 자신의 아들처럼 아끼고 사랑했다.

환타 가족과 함께 겨울 햇볕을 쬐며 누워 있는 네로

2017년 2월, 고양이들 사이에서 전염병이 돌았다. 안타깝게도 환
타 가족과 함께 주택 단지에 살던 고양이들이 하나둘 별이 되어 떠
났다.

유일하게 살아남은 네로는 자식을 잃은 슬픔이 가시기도 전에 자
신을 식구로 받아 준 환타 가족들도 떠나보내야 했다. 아들처럼
아끼던 망고를 눈앞에서 떠나보내는 네로의 눈빛을 잊을 수 없다.
그 뒤로 네로는 나의 마당을 떠났다. 그렇게 5년이 지난 2022년, 네
로가 다시 나의 마당에 찾아왔다. 네로는 현재 마당에 있는 고양이
들 중 나이가 제일 많지만 건강하게 지내고 있다.

02

텅 빈 마당에
새로 나타난 선물

할리

마당에 그림같이 앉아 있던 고양이들의 빈자리가 크게만 느껴졌
던 2017년 2월 한 달은 눈물이 끊이지 않던 시간이었다. 고양이들
이 태어나서 건강하게 살아가는 게 얼마나 힘든 일인지를 알게 되
었다. 그렇게 한 달이 지나 3월이 되었다.

집 앞에서 웬 목줄을 멘 강아지 한 마리가 길을 잃었는지 사람들을
피해 산으로 도망가길래 소리쳤다. "아직 추워서 산에 가면 안 돼.
우리 집으로 와~" 3월의 밤은 날씨가 추워 걱정되었다.

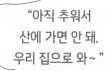

다음 날 새벽, 산으로 도망갔던 강아지가 우리 집 문 앞에서 자고
있었다. 한눈에 봐도 어렸다. 나는 순간 고양이 '망고'가 살아 돌아
온 듯한 착각이 들어 강아지를 덥석 안았다. 강아지는 얼마나 고단
하고 피곤했는지 내 어깨에 기대어 잠들었다.

이후 새 주인을 찾아줘야 하나 고민도 했지만, 제 발로 마당에 찾
아온 강아지를 내가 키우기로 결심했다. 그렇게 마당에 새 생명이
찾아왔다. 그 이름은 바로 '할리'(이름을 짓고 나서 알았지만 할리
는 암컷이다).

할리의 입주 후 일정
* 첫 식사
* 첫 목욕
* 첫 낮잠

평생 1미터 남짓 목줄에 묶여
살아야 했을지도 모르는 할리의 운명은
우리와 만난 그날로 완전히 바뀌었다.
첫 목욕을 한 후 노곤했는지 담요를 덮고 잠든
할리의 얼굴에는 미소가 가득했다.
나에게는 생각지도 못한 식구가 생긴,
지금 생각해 보면 할리가
우리 집에 찾아온 것은 우연이 아니다.

할리의 외모는
시간이 지날수록
출중해졌다.

할리는 7개월 때부터
나와 함께 구조된 아기 고양이들을
육아하며 진정한 '캣 맘'이 되었다.

My Happy Place Here

03

나를 '캣 맘'으로 만든
특별한 묘연

밤톨이

밤톨이는 아기 고양이였을 때부터 봤다. 엄마 고양이(키티)를 따라 형제들과 산속으로 갔던 밤톨이는 다음 날 산속에서 혼자 발견되었다. 그날 이후, 밤톨이는 산에 있다가도 마당에서 자신의 이름을 부르는 소리가 들리면 내려와 밥을 먹고 갔다.

밤톨이와 점점 더 친해지던 어느 날, 밤톨이가 임신했다는 사실을 알게 되었다. 나는 임신한 밤톨이에게 약속했다.

"걱정하지 마, 너의 아기 고양이들은 내가 돌봐 줄게."

그 약속으로 나는 '캣 맘'이 되었고, 밤톨이의 세 번의 출산으로 태어난 모든 새끼들을 돌보았다. 지금 생각해 보면 고양이에 관해 조금은 무지했기에 할 수 있던 약속이었다.

"걱정하지 마,
너의 아기 고양들은
내가 돌봐 줄게."

새끼들을 돌봐 주겠다는
나와 밤톨이 사이의 약속을 시작으로
'캣 맘의 길'이 시작되었다.

세 번의 임신과 출산을 겪은 밤톨이

밤톨이의 출산이 다가왔음을 직감한 나는 현관에 박스를 준비해 놓았다. 새벽 4시, 밤톨이가 현관에 찾아왔다. 내가 준비해 놓은 박스 안에서 밤톨이의 출산이 시작되었다.

나는 밤톨이의 출산 과정을 처음부터 끝까지 도왔다. 길냥이의 출산을 처음 봤을 정도로 무지한 나였지만, 밤톨이는 갓 낳은 자신의 아기 고양이들을 내가 직접 만지고, 닦아 주는 것을 허락해 주었다.

우리는 엄마가 된 밤톨이를 대견해 하며 아기 고양이들의 탄생을 축하했다. 그날의 경험은 평생 잊을 수 없다.

밤톨이의 출산 과정을
시작부터 끝까지
함께했다.

밤톨이의 모성애는
출산을 거듭할수록 강해졌다.

밤톨이는 세 번째 출산 후 중성화 수술을 받았다. 밤톨이의 새끼 중에는 밤톨이보다 먼저 고양이별에 간 아기들도 있었지만, 밤톨이는 씩씩하게 지내고 있다.

밤톨이는 어느 고양이보다 독립적이어서 무리 생활을 피해 혼자만의 시간을 즐긴다. 또 음식이나 물을 가려 먹고, 장마나 겨울이 되어 도움이 필요할 때면 언제든지 집에 찾아와 집 안에 밤톨이만을 위해 준비된 VIP룸에서 잠을 자고 간다. 건강하게 잘 지내는 밤톨이를 보면서 '나도 밤톨이처럼 살면 건강할 수 있겠다'는 생각을 종종 한다.

밤톨이가 유난히 아꼈던
아기 고양이 '막내'

mia_healinghouse

7년 된 우리 사이

이제야 셀카가 가능한 사이,
이제야 밤톨이가 인정한 집사가 되다.

04

할리가 직접 키운 첫 고양이

토비

토비는 우리 동네에 살던 고양이가 아니었다. 7년 전, 옆집에 사는 부모님의 집을 리모델링할 때 공사팀 트럭 아래에서 아기였던 '토비'가 발견되었고 그때 우리 집으로 오게 되었다.

당시 5개월밖에 안 된 강아지 할리는 식사를 거르고, 잠을 줄이면서까지 처음 본 아기 고양이 '토비'를 돌보았다.

3개월에 마당에 찾아온 '할리'와 어디서 온 건지조차 알 수 없는 '토비'. 어떤 관련도 없던 우리가 모여 가족이 되었다. 할리는 고양이를 만나며 처음 겪어 보는 많은 일을 모성애로 해냈다. 토비는 어느 고양이와도 친구가 되지 못했고, 심지어 사람인 나에게도 곁을 주지 않았다. 오직 '할리'가 토비의 유일한 엄마이자 친구가 되어 주었다.

3개월에 마당에 찾아온 '할리'와
어디서 온 건지조차 알 수 없는 '토비'.
어떤 관련도 없던 우리가 모여
가족이 되었다.

mia_healinghouse

오직 할리가 토비의
유일한 엄마이자 친구다.

05

가장 듬직하고
아들 같은 고양이
곰돌이

태어날 때부터 타고난 리더였던 곰돌이는 나도 가까이 가는 것이 쉽지 않았다. 자신의 영역과 가족을 지키기 위해서라면 몸을 아끼지 않고 싸웠던 곰돌이는 암컷 고양이와 아기 고양이들에게는 음식을 양보하고, 그들을 지켜 주는 매너 좋은 우두머리 사자 같았다. 세월이 흘러 곰돌이의 검은 털들 사이로 흰 털이 올라왔고, 곰돌이는 점점 서열에서 밀려났다. 이제는 가장 애교 많고, 듬직한 아들의 역할을 맡고 있다. 자연스러운 일이지만 가끔은 서열에 밀려 온순해진 고양이들을 보면 마음이 아프기도 하다.

곰돌이는 수컷이지만
아기 고양이들을 다정히 돌보는
매너 좋은 고양이다.

7살이 된 곰돌이는 여전히 엄마 고양이(밤톨이)를 지키는 엄마바라기다.

곰돌이와 정원에서
함께하는 시간은
가장 친한 친구와
함께하는 느낌이다.

7살 곰돌이
지금도 엄마 고양이 바라기
의리 있는 고양이
카리스마 고양이
함께 나이 들어 간다

NOW is the RIGHT TIME

곰돌이의
여름과 겨울나기

06

생각이 너무 많아
혼자가 된
호돌이

호돌이는 밤톨이가 첫 번째 출산에서 얻은 '곰돌이, 호돌이, 막내' 중에 하나다. 3남매의 가운데에 낀 호돌이는 싸움을 싫어하고, 늘 중립적인 태도를 보인다. 또, 경계심도 강해 7살이 된 지금까지도 나의 손길을 좋아하지 않는다.

호돌이가 두 번째 출산으로 얻은 아기 고양이들도 모두 나의 도움을 받았지만, 호돌이가 사람을 경계하는 성향이라 그런지 그 아기들과도 친해지기가 쉽지 않았다. 6년을 넘게 지켜본 호돌이는 모든 것을 혼자 생각하고, 판단하며 조심성이 많고, 누군가의 개입을 싫어하는 고양이인 듯하다.

아무리 노력해도
마음을 열지 못하는 사람이 있듯이
호돌이도 나에게는 그렇다.

5개월 된 호돌이. 경계심이 가득한 눈빛이다.

호돌이는 출산 후에는 꼭 아기 고양이들을 데리고 나를 찾아왔다.

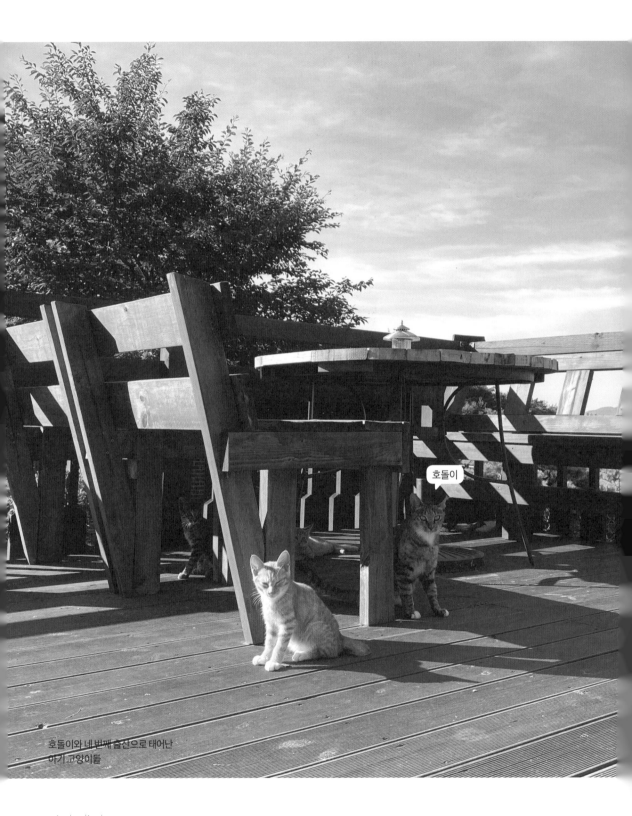

호돌이

호돌이와 네 번째 출산으로 태어난
아기 고양이들

겨울에는 가끔씩 집 안으로
찾아오는 호돌이

 07

나의 모든 것을
믿고 따른 고양이

막내

(2018년 4월~2023년 5월 28일)

'막내'는 어릴 적부터 우리 집 마당에서 지냈는데, 1살이 넘은 어느 날엔가 사라져 2년 가까이 보이지 않다가 다시 나를 찾아왔다. 돌아온 막내는 몸이 많이 아픈 상태였고, 그런 막내를 돌본 지 2년 만에 막내는 내 품을 진짜 떠났다.

어릴 적부터 꽃밭을 좋아한 막내는 아픈 몸으로도 나를 많이 좋아해 주었고, 나는 막내와 함께하면서 믿을 수 없을 만큼 많은 교감을 나눴다. 막내를 안고 있으면 하루에도 몇 번씩이나 옷을 갈아입어야 했는데, 그런데도 나는 마지막까지 막내를 충분히 안아 주려고 애썼다. 지금도 막내가 내 말에 대답하던 그 목소리가 기억난다.

구내염이 있어 항상 침으로 온몸이 끈적이고, 잦은 설사를 했던 막내는 마지막 날 깨끗하게 목욕을 하고 내 옆에서 편안하게 떠났다. 그때가 내가 고양이를 처음으로 목욕시켜 본 때였다. 늘 마지막은 미안하다. 내가 무지개다리를 건너면 나를 가장 먼저 마중 나와 줄 막내를 상상한다.

나와 막내의 교감은 모든 것을 가능하게 했다. 나의 말의 뜻을 전부 이해했던 '막내'

막내의 목욕이 끝나고, 우리는 마지막 인사를 했다.

mia_healinghouse

나의 꽃밭을 사랑한 막내는 어릴 적부터 꽃을 좋아했다.
아픈 몸으로도 나를 따라 정원에 나온 막내는 내가 가드닝을 하는 동안
원하는 자리에 앉아 몇 시간이고 나를 기다렸다.

천국에서 나를 마중 나와 줄 막내

떠나야 할 때
사랑을 많이 줬던 고양이
나의 모든 것을 믿고 따른 고양이
교감이란 이런 것

08

아픔도 함께하는
남매 사이
던킨과 도넛

밤톨이의 두 번째 출산으로 '타코, 치토, 레오, 던킨, 도넛'을 만나게 되었다. 그중 '던킨'과 '도넛'은 어릴 적부터 가장 친한 남매였는데, 안타깝게도 둘은 비슷한 증상을 보이며 3년 넘게 아픈 시간을 보냈다. 그 당시, 나도 고양이들에 대해 무지했던 터라 아픈 고양이들의 증상을 빨리 알아채지 못했다. 지금은 집 안에서 돌봄을 받고 있는 던킨과 도넛이 함께하는 마지막 날까지 최선을 다할 것이다.

가장 착한 고양이 남매
무지했던 캣 맘
미안해
많이 미안해

밤톨이 엄마와 어릴 적부터 항상 함께했던 던킨(가운데)과 도넛(오른쪽)

건강했던 시절의 던킨(왼쪽)과 도넛(오른쪽)

숨바꼭질

풀숲에서 유난히 큰 눈을 깜빡거리면서
자기가 안 보인다고 생각하는 듯 숨어있는 던킨

내 경험으로는 고양이 중에서도 유난히 순하고 착한 아이들이 먼저 병을 얻거나, 일찍 떠나가는 것 같다. 지금 생각해 보면 던킨은 어릴 때도 풀과 나무 뒤에 숨어 소심하게 지냈다. 풀숲에서 유난히 큰 눈을 깜빡거리면서 자기가 안 보인다고 생각하는 듯 있던 모습이 생각난다.

치매가 찾아온 듯한 지금의 던킨은 나를 잘 알아보다가도 며칠이 지나면 다시 처음 본 사람처럼 대한다. 내가 도와줄 수 있는 게 없어 안타깝다가도, 어디선가 던킨이 나타났을 때 내가 자신을 슬프게 본다는 걸 들킬까 봐 미안하다.

09

나에게
7남매를 선물한
아톰

예쁜 얼굴에 까칠한 듯 도도한 성격을 가진 '아톰'. 아톰은 한때 7남매를 출산한 엄마 고양이다. 내가 본 고양이 중 모성애가 가장 약해서 아톰이 낳은 7남매의 육아는 남자친구 캔디가 도맡았다. 조금은 이기적으로 살아서 그런지 여전히 미묘다. 아톰을 많이 사랑해 준 캔디가 먼저 별이 되면서 혼자가 된 아톰은 예쁘지만 늘 외로워 보인다.

아톰과 아톰의 아기 고양이를 모두 내가 돌보았지만, 여전히 아톰은 나와의 거리두기를 원한다.

예쁜 얼굴에 까칠한 듯
도도한 성격을 가진
'아톰'

아톰의 7남매

긴 장마 동안 아톰은 아기 고양이 7남매를 우리 집 현관에서 키웠다.

내가 가장 소중해

예쁜 얼굴을 가진 아톰은
7남매를 출산했지만
항상 자기가 가장 중요한 엄마 같았다.

예쁜 얼굴 고양이
외로운 고양이 아톰
자기관리하는 고양이
내가 7남매 키웠다

 10

은혜 갚는 고양이, 가장 희생적인 고양이
캔디
(2019년 7월~2022년)

빈 공터에서 며칠째 울고 있던 아기 고양이. 너무 울어서 이름을 '캔디'라 불렀는데, 알고 보니 수컷 고양이였다. 너무 어려 엄마의 젖이 필요했던 캔디를 마침 출산한 지 얼마 안 된 밤톨이에게 부탁했다.

까칠하기만 했던 밤톨이가 놀랍게도 캔디를 맡은 지 이틀 후 젖을 먹이기 시작했고, 캔디도 밤톨이의 아기들과 한 형제처럼 어울렸다. 그중에서도 '아톰'과는 어릴 적부터 친했다. 아톰이 커서 7남매를 출산하고, 육아에 지쳤을 때 캔디가 대신해 아톰의 7남매를 키워 냈다. 7남매들도 성장 후 엄마 아톰보다는 키워 준 캔디 옆을 지켰다.

캔디

밤톨이 엄마

너무 어린 캔디를
밤톨이가 젖을 먹여
키워 주었다.

아톰은 작은 체구에도 불구하고 외부 고양이와 직접 싸워 가며 7
남매를 지켜 냈다. 또, 자기를 키워 준 밤톨이의 세 번째 출산 때는
다른 고양이가 오지 못하도록 새벽 내내 문밖에 서서 밤톨이를 지
켰다. 키워 준 밤톨이에게 은혜도 갚고, 함께 자란 아톰의 아기 고
양이들도 대신 키워 준 캔디를 옆에서 지켜보면서 캔디가 늘 행복
하기를 바랐다.

하지만 고양이로서 벅찬 삶을 살았던 캔디는 결국 몸이 상했고, 이
른 나이에 고양이별로 떠났다. 캔디만큼 은혜를 갚고, 도리를 다
하며 사는 건 사람에게도 어려운 일일 듯싶다.

밤톨이 가족은 캔디에게 완벽한 가족이 되어 주었다.

아톰의 7남매와
밤낮으로
그들을 보살피는 캔디

외로웠던 아톰의 옆에는
항상 따듯한 캔디가 함께했다.

아톰의 7남매 중 5남매

11

형제와 아빠가
먼저 떠나 혼자가 된

생강

착한 고양이
사연 많은 고양이
마음 가는 고양이
사람들의 공동육아

조이 언니네 정원에서 다시 만난 '생강'

호돌이의 아기 고양이인 '생강'이는 어릴 적 형제였던 '감자', '고구마'를 사고로 떠나보냈다. 다행히도 7남매를 자식처럼 키워 준 '캔디'가 생강이도 잘 보살피면서 같이 지냈는데, 캔디가 먼저 고양이별로 떠나면서 혼자가 되었다. 생강이는 아기 때부터 한쪽 눈이 건강하지 못했는데, 나에게는 생강이가 항상 울고 있는 것처럼 보였다.

생강이는 많은 고양이와 경쟁해야 하는 환경에 적응하지 못하고 영역을 옮겼다. 아마 조용한 환경을 원했던 것 같다. 그러던 어느 날, 같은 동네에 있는 조이 언니네 집 앞에서 생강이를 다시 만났다. 조이 언니는 생강이의 상황을 알고는 생강이를 돌봐 주기로 했다.

종종 고양이들이 공동육아 하는 것을 보게 된다. 고양이들끼리 서로의 새끼를 함께 돌보는 것이다. 고양이들의 세상을 관찰하다 보면 우리가 배울 모습들이 많다.

날아라, 생강

생강이는 어릴 적에
함께했던 형제도
돌봐 주었던 아빠도
별이 되어 먼저 떠났다.
집에 오고 가며 만나는 생강이가
행복했으면 좋겠다.
더 이상 생강이가
혼자가 아니었으면 좋겠다.

12

왕의 자질을
타고난 고양이

타코

마당냥이와 집고양이를 넘나드는 완벽한 성격의 '타코'는 무엇이
든 잘 먹고, 어디서든 잘 잔다.

나에게는 애정 표현도 잘하고 순한 고양이지만, 고양이들 사이에
서는 '왕'이다. 타코가 지나가면 모든 고양이가 알아서 길을 비켜
주고, 밥을 먹다가도 멈춘다. 타코는 옆집 강아지도 무서워하지
않고, 덩치 큰 진돗개 '할리'에게도 덤비는 대담함이 있다. 이런 카
리스마뿐만 아니라 외모도 잘생긴 타코는 성격이 온순해 온종일
집에 함께 있어도 집사를 힘들게 하지 않는 고양이다.

여러 마리의 고양이를 돌보다 보니
예쁜 집이나 장난감을 사 줄 수 없다.
택배가 오는 날이면 박스를 최고의 집으로 알고
들어가 통 나올 생각이 없는 타코다.

타고난 고양이 모델

고양이들의 왕
고양이 모델
애교 많은 고양이
마당냥이인 듯 아닌 듯
말하는 고양이

13

다시 태어나도
나에게 와 줄 수 있겠니

레오

(2020년 4월~2022년 6월)

레오는 밤톨이가 출산한 마지막 아기 고양이다.
태어나는 순간부터 나와 함께한 레오는 나에게 있어 특별한 고양이다.

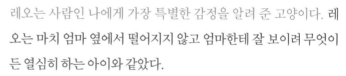

레오는 사람인 나에게 가장 특별한 감정을 알려 준 고양이다. 레오는 마치 엄마 옆에서 떨어지지 않고 엄마한테 잘 보이려 무엇이든 열심히 하는 아이와 같았다.

나는 집 안에서 지내는 레오가 구조된 아기 고양이들을 돌봐 주기를 바랐다. 레오는 나의 말을 이해하는 듯 아기 고양이들을 재워 주고, 놀아 주며 살뜰히 돌보았다. 레오가 키운 아기 고양이들이 다 성장했을 즈음 레오가 아프기 시작했다. 아기 고양이들이 가지고 있던 모든 질병을 레오가 떠맡은 게 아닌가 싶었다.

레오가 고양이별로 떠나기 전, 일주일 동안 우리는 같은 방에서 함께 지냈다. 나는 레오에게 미안하다고 수없이 말했다. 레오는 괜찮다고 대답이라도 하는 듯 내 얼굴 핥았다. 지금도 나는 레오가 나에게 안겼을 때의 느낌과 냄새를 기억한다.

내가 사랑한 고양이, 레오

레오는 고양이별로 떠나기 전까지 내 방에서 함께 시간을 보냈다.

나 대신 아기 고양이들을
돌보게 하고,
너를 외롭게 해서 미안해.

2022년 6월 8일, 레오가 떠나다.

마음 얻기

레오는 나의 어깨 위에서 온몸에 힘을 빼고
안겨 있는 걸 좋아했는데
난 항상 레오의 표정이 궁금했다.

어깨 위 레오의 숨 쉬는 소리가
핸드폰 진동처럼 내 귀에 크게 들리고
레오는 내 목으로 전해지는 체온을 나눈다.
우리는 이런 자세로 마당을 삼십 분도 더 걸었다.
가장 가까운 사이가 되기까지
매일 세 번, 새로운 밥과 물은 기본이고
하루도 빠짐없이 안아 주었다.

이렇게 나는 레오의 마음을 얻었고
레오는 나에게 모든 것을 주고 떠났다.

14

거리두기 하며
나 혼자 산다
신명이

나는 신명이의 아빠를 알고 있다. 신명이의 아빠는 우리 동네에서 가장 나이 많았던 수컷 고양이로, 우리 집 뒷마당에 있던 고양이 겨울집에서 마지막을 보냈다. 그 이후 어디에선가 신명이와 똑같이 작은 눈에 목소리까지 닮은 아기 고양이가 나타났다. 똑 닮은 모습에 그 아기 고양이도 신명이라 불렀다. 신명이는 다른 고양이들과는 친하게 지내지 못했다. 고양이를 싫어하는 고양이라고나 할까. 어린 나이에 퇴행성관절염이 찾아온 신명이는 여전히 혼자의 시간을 즐긴다.

작은 눈, 신명이

시간이 지나도
생각을 알 수 없는
요셉
(2020년 5월~2024년 6월 12일)

요셉은 태어났을 때부터 봤지만, 친한 사이는 되지 못했다. 나는 어릴 적 피부병이 있던 요셉의 얼굴에 매일같이 연고를 발라 주었다. 하지만 그런 나에게 요셉은 항상 발길질을 했다. 내가 주는 밥을 먹고, 추운 날이면 집에 들어와 잠을 자면서도 나의 손을 허락하지 않았다. 요셉이 나에게 먼저 다가와 아는 척하고 애교 부리는 순간은 오직 내 손에 고양이 과자가 들려 있을 때뿐이었다. 나를 이용해 얻을 수 있는 건 다 얻어 가는 고양이, 나보다 자기가 똑똑하다 생각하는 고양이었다. 어쩌면 요셉의 생각이 사실일지도 모른다.

그렇게 똑똑했던 요셉은 내가 이 책을 마무리하는 중에 건강이 악화되어 입원 후 3일을 넘기지 못하고 4살의 나이로 별이 되었다.

피부병이 있던 요셉에게 나는 매일같이 연고를 발라 주었다.

고양이 과자 사랑
특이한 생각 구조
이해불가 고양이
그래도 그리운 요셉

마음을 알 수 없는 고양이 요셉

스스로 행복한 삶을 찾은 요셉

16

있는 듯 없는 듯
늘 고요한
이삭

이삭은 아톰의 7남매 중 하나다. 경쟁이 치열했던 남매들 사이에서 힘들었는지 항상 조용하고, 아픈 것도 표현하지 않는다. 뭐든 다른 고양이들에게 양보하고, 밥도 가장 나중에 먹는다. 그래서인지 이삭을 싫어하는 고양이는 없다. 모든 고양이와 잘 지내긴 하지만, 이삭은 자신을 지켜 줄 수 있거나 그루밍해 주는 고양이, 따뜻한 털을 가진 고양이들을 유독 좋아한다. 자기 스스로 지킬 힘이 없다 보니 돌봐 줄 수 있는 친구를 찾는 듯하다. 볼수록 안쓰러울 만큼 착하고, 무엇이든 먼저 챙겨 주고 싶은 고양이다.

\# 양보하는 고양이
\# 경쟁이 싫은 고양이
\# 고요한 성격
\# 한쪽 눈만 아이라인

모든 고양이와 잘 지내는 이삭

나는
'평화주의자'

마당에서도 소심한 모습의 이삭

17

캔디 아빠가 떠난 뒤
혼자가 된
이브

이브, 이삭, 생강, 요셉에게는 '캔디'가 아빠처럼 어릴 적부터 돌봐 주고 함께해 줬다. 힘센 고양이들로부터 온몸을 던져 싸워 주고, 항상 함께하며 또 다른 가족이 돼 주었다. 그런 캔디가 먼저 고양이별로 떠나자 함께했던 가족은 각자의 길로 흩어져야 했다. 이브는 마당에 들러 밥만 먹고 갈 뿐, 집사를 간택할 마음이 없어 보였다.

시간이 갈수록 이브의 얼굴에는 힘든 시간을 보내고 있음이 보였다. 고양이들이 '죽음'의 의미를 아는지는 모르겠지만, 자기를 지켜 주었던 캔디가 떠난 후 그리워하고 힘들어하는 것이 틀림없었다.

18

할머니 '네로'를 지키는
손녀딸 고양이

수리

나와 '수리'는 교감할 시간을 충분히 갖지 못했다. 다행히 수리는
'네로'를 따라다니며 가끔 집 안에 찾아온다. 검은 고양이 '네로'는
가족 같던 고양이들을 다 떠나보내고 혼자 산 지 9년이 넘은 노묘
로, 추정 나이가 적어도 10살 이상이다.

아프거나 나이 든 고양이들은 자연스럽게 혼자가 되곤 하는데 손
녀딸을 돌보는 할머니와 할머니 곁을 지키는 손녀처럼 둘은 밤새
도록 함께한다. 비가 내리고 추워도 항상 함께다. 평생 함께할 친
구가 있는 둘은 행운냥이다.

행복한 고양이
서로 돌보기
다행이다
고양이별에 가는 그날까지 함께

손녀딸을 돌보는
할머니 네로와
할머니 곁을 지키는 손녀 수리

다행이다

나이가 든 고양이 '네로' 옆에
어리지만 아픈 고양이 '수리'.

아프거나 나이 든 고양이들은
자연스럽게 혼자가 되지만,
밤새도록 비가 내리고 추워도
둘이 함께라서 다행이다.

둘은 행운냥이다.

눈과 빗속이라도 둘이라서 다행이야

19

말로만 듣던
집사 간택을 선택한
알렉스

알렉스는 어릴 적부터 알고 있던 고양이가 아니다. 이미 성묘였던 알렉스는 어느 날부턴가 우리 집 마당에 나타나더니 나를 마주치면 큰소리로 소리 지르듯 울면서 따라다녔다. 마치 우리가 아는 사이라도 된다는 듯 무작정 현관까지 따라 들어오기도 했다. 남들이 보면 내가 키우던 집고양이를 쫓아내서 따라다니는 줄 알겠다, 싶었다.

나중에서야 알았는데, 알렉스는 이웃집 언니와 아는 사이였다. 이웃집 언니는 알렉스가 아기 고양이일 때부터 삼겹살도 나눠 주고, 챙겨 줬다고 했다. 그런데도 알렉스는 나를 찾아와 집사로 간택하고, 스스로 인생을 선택해 나와 살기 위해 노력한 고양이다.

이미 성묘였던 알렉스는 나를 집사로 간택하고
마당의 고양이들과도 잘 지내려 노력했다.
지금은 누구보다 나와 가까운 사이가 되었다.

어디에서 왔니
집사 간택
인생 개척
노력파
완벽에 가까운
언어 천재

Part 2

나를
만난

고
양
이

집과 마당을
오가며 사는
고양이들

가을과 겨울 사이에 태어난
'커피 시리즈 남매'

11월 추운 가을날 태어난 'June'의 아기 고양이 5남매.
이름은 '커피, 카페, 달고나, 모카, 라떼'.
그런데 아기 고양이들이 태어나자마자 겨울이 오고 말았다.
나는 5남매를 집 안으로 데려왔다.
June은 가끔 아기 고양이들을 보기 위해 현관에 찾아왔지만,
추운 날씨를 견디며 살기에는 새끼들이 너무 어리다고 판단하고
자연스럽게 나에게 육아를 맡겼다.

커피 · 카페
달고나 · 모카
라떼

아기 고양이들을 돌봐 주는 진정한
캣 맘 '할리'

mia_healinghouse

커피 시리즈 5남매 중에 가장 건강해 보였던 '커피'는
집 안에 들어온 지 얼마 되지 않아 무지개다리를 건넜다.
생명의 길이는 아무도 알 수 없다.

모카는
안구 적출 수술을 받고
잘 이겨 냈다.

20

의리 있고 고마움을 전할 줄 아는
카페

'카페'의 코 아래에는 콧물이 묻어 있는 듯한 문양이 있어 보는 이로 하여금 항상 카페의 코를 닦아 주고 싶게 한다. 카페는 다른 고양이 형제들보다 더 사랑받고 싶어 하고, 항상 자신이 중심이 되길 원한다. 함께 자란 4남매 중 모카가 어릴 때부터 아프면서 많은 관심을 받았고, 조금 더 커서는 라떼의 뛰어난 외모에 사람들의 칭찬이 쏟아졌다. 이러다 보니 상대적으로 카페는 관심을 받을 기회가 적었다.

하지만 카페는 의리 있고 고마움을 전할 줄 아는 고양이로 바르게 커 주었다. 카페는 자신을 키워 준 고양이 레오가 무지개다리를 건너는 그 순간까지 곁을 떠나지 않고 지켰다.

의리 있는 고양이
사랑을 기다리는 고양이
키워 준 은혜 갚기
레오 형을 찾아다니다

'레오'는 수컷 고양이지만
나를 도와주기 위해 커피 시리즈 남매들을
도맡아 돌보고 키워 주었다.

레오

라떼

카페

레오

별이 된 고양이
레오야 안녕
꿈에서만 만나

카페는 어릴 적 자신을 돌봐 준 레오 형이 아프다는 것을 알고는
레오가 떠나기 전날부터 밥도 먹지 않고
밤을 새우며 레오를 간호하듯 그 옆에서 떠나지 않았다.

슬픈 얼굴의 카페

내가 보는 카페의 얼굴은 항상 슬프다.

mia_healinghouse

우리 이젠 꿈에서만 만나

고양이들도 가장 좋아했던 친구가 갑자기 떠나면
여기저기 찾으러 다니는 것 같다.
카페는 자신을 키워 주고 같이 자던 레오 형을 무척 좋아했는데
아무리 찾아도 없으니, 어떤 짐작을 하는지 모르겠다.
먼저 별이 된 레오를 아직도 기억하고 있는 것만은 분명하다.

21

조용하지만
만나면 편안한
달고나

'달고나'는 체격도 크고 힘도 세지만 4남매 중 서열을 따지자면 가장 하위다. 태어났을 당시부터 유난히 체격이 컸는데도 먹을 것을 모두에게 양보했고, 가장 추운 끝자리에서 다른 형제들의 추위도 막아 주었다. 사람으로 따진다면, 눈에 띄는 존재감은 없지만 만나면 편안하고 남을 배려할 줄 아는 사람 같은 고양이다.

달고나를 보면 항상 안쓰럽고 조금 더 신경 써 줘야겠다는 생각이 든다. 한때, 많은 고양이에 떠밀려 집을 떠나 지냈던 달고나를 길에서 다시 만나 집으로 가자고 설득해 데려왔다. 경쟁하면서 살 의지가 없는 달고나 같은 성격의 고양이들은 밥은 잘 먹고 있는지 항상 걱정이 된다.

가끔 잠이라도 편하게 자라고
달고나를 혼자 쉬게 해 준다.
달고나는 혼자인 게 너무 좋아
행복해 한다.

\# 잠 많은 고양이
\# 집 나갔다 다시 옴
\# 마음 쓰이는 고양이

22

**살기 위해
많은 노력을 했던
외눈 고양이**

모카

'모카'는 태어났을 때부터 눈에 이상이 있었다. 눈동자가 흐리고, 눈에 액체가 흘러 나로서는 무엇을 어떻게 해야 할지 몰랐다. 그런 상태에서도 모카는 밥도 잘 먹고, 애교도 부리며 너무나 밝은 모습으로 살고자 하는 의지를 보여 주었다.

남편과 나는 모카를 도와주고 싶었고, 주말에 급하게 큰 병원에 데려가 바로 안구 적출 수술을 받게 했다. 의사 선생님은 수술은 할 수 있지만, 평생 약을 먹어야 할 수도 있다고 했다. 그렇게 모카는 태어난 이후로 2년을 매일 약을 먹었다.

모카는 살기 위해서는 약을 먹어야 한다는 것을 아는 듯 거부하지 않고 먹었고, 4살이 다 된 지금은 어느 고양이보다 멀리, 높이 잘 뛸 정도로 건강한 고양이가 되었다.

안구 적출 수술 받으러 가던 날

모카와 나는 많은 교감을 나누는 사이고, 모카는 나의 모든 말을 알아듣는 듯하다. 어린 모카도 이렇게 잘 살아내고 있는데, 나도 하루하루를 잘 살아 내야겠다는 생각을 한다. 특별히 남편은 모카를 살리기 위해 끝까지 노력해 주었다. 남편과 모카에게 박수를 보내고 싶다.

\# 삶의 의지를 보여 준
\# 외눈 고양이
\# 또 다른 능력을 가진
\# 고양이들의 여왕

외눈이라서 더 빛나는 모카의 눈

내가 보는 모카의 한쪽 눈과 또 다른 쪽 눈

"살아 줘서
고마워."

여왕이 된 모카

모카는 우리 집 마당냥이 중 여왕이다.
밥도 혼자 높은 곳에서 먹고
자기 밥그릇을 따로 받기 전에는
식사를 시작하지 않는다.
나 또한 모카를 나도 모르게
여왕으로 모시고 있다.

23

**질투할 만한
외모를 가진
라떼**

사람도, 고양이도 태어날 때부터 예뻐야 커서도 예쁘다. 갑자기 예뻐지는 매직은 없다. '라떼'는 태어나서 지금까지 한결같이 예뻐서 보는 사람마다 칭찬을 한다. 심지어 고양이를 싫어하는 사람도 "저 고양이 예쁘다. 나도 저 고양이는 키우고 싶어"라고 할 정도다. 나는 라떼에게 일부러 예쁘다는 말을 많이 안 했다. 라떼를 너무 예뻐하면 다른 고양이들이 알아채고 라떼를 질투할 수 있겠다는 생각 때문이었다. 그래서인지 라떼는 항상 사랑받고 싶어 하고, 혼자인 것을 싫어한다. 모카와는 가장 친한 자매이면서도 가장 많이 싸운다.

\# 예쁜 고양이
\# 예뻐서 좋겠다
\# 고양이 사춘기
\# 예민한 고양이
\# 자기만의 세상

고양이들도 가끔 우울해하는 시기가 있다.
라떼도 그런 시기들이 있다.
온전하게 혼자 사랑받고 싶은 라떼는
많은 고양이들과 함께 생활하는 것이
쉽지 않기 때문이다.
고양이를 잘 알기 전에는 고양이가 독립적이고,
사랑을 많이 구하지 않는다고 생각했는데
알고 보니 고양이들은 누구보다
사랑받고 싶어 한다.

라떼의 또 다른 세상

호돌이의 아기 고양이들이 태어나다
'심바, 티몬, 쿠팡, 날라'

2021년 5월, 호돌이의 세 번째 출산.
호돌이가 마당에 4남매 아기 고양이를 데리고 왔다.
예민했던 호돌이가 자연스럽게 나에게 아기 고양이들을 보여 주며
나와 같이 키우자는 듯한 태도를 보였다.
그중 셋(쿠팡, 티몬, 심바)은 너무 닮아서
마당에서 여기저기 뛰어놀면 구분하기도 어려웠다.
심바, 티몬, 날라는 차례대로 집 안으로 들어와 지내게 되었는데
쿠팡이는 나와 교감하기보다는 바깥에서 지내기를 선택했다.

24

모든 고양이를
핥아 주는 나이팅게일
심바

많은 고양이를 만나 봤지만, 심바는 고양이의 일반적인 성향을 거스르는 성격이다. 누구와도 싸우지 않을 뿐만 아니라 나이가 든 고양이든, 아픈 고양이든, 처음 만난 고양이든 가리지 않고 상대 고양이의 이마를 핥아 준다.

착한 고양이라고만 생각했는데, 알고 보니 간질 증상이 있었다. 잠을 곤히 자다가도 소파에서 심한 발작을 하며 떨어지고, 발작 후 눈을 뜨면 나를 따라다니며 밥을 달라고 조른다. 그러고는 조금 전 밥을 먹었던 것은 잊은 듯 다시 먹기 시작한다. 이런 이유로 심바를 집 안으로 데려왔고, 심바는 많은 시간을 집 안에서 보내고 있다.

할리는 다른 고양이들보다 심바 걱정을 많이 해서
내가 심바를 혼내는 것을 싫어한다.

심바의 잠자는 모습

잠 많은 고양이
모든 고양이와
평화주의
나이팅게일

고양이들을 돌봐 온 시간이 쌓이면서
심바와 티몬과의 교감은 쉽게 이루어졌다.

고양이들 세상에 천사가 있다면 당연 심바다.

심바는 내가 정말 자신의 엄마라고 생각하는 것 같다.

캣 맘이란…

냥이들에게 밥을 주는 사람
냥이들을 "애기야~"라고 부르는 사람
냥이들의 목소리를 구분하는 사람
냥이들의 눈빛만 봐도 아픈 줄 아는 사람
손등과 팔에 늘 상처가 있는 사람

무엇보다
고양이들이 진짜 엄마라고 생각하는 사람

25

한 달 동안 두 번이나
다리 깁스를 했던
티몬

심바가 집 안에서 지낸 데 비해 그와 가장 친한 형제인 티몬은 사람에 대한 경계심이 강해 집 안으로 들어오지 않았다. 하루는 반려견할리와 티몬이 마당에서 놀다가 할리의 실수로 티몬의 다리에 금이 가게 되었다. 깁스를 한 티몬은 다리가 회복될 때까지 집 안에서 지낼 수밖에 없었다. 집 안에서 생활하는 동안에도 티몬은 사람에게 마음을 열지 않았고, 오히려 야생성이 더 강해져 탈출 시도가계속되었다. 이런 이유로 티몬과는 친해지기까지 시간이 꽤 걸렸다. 같은 엄마 배 속에서 태어난 고양이들끼리도 타고난 성향이 다를 수 있다는 것을 또 한 번 느꼈다. 나를 불편해하는 고양이를 집안에 데리고 있는 건 쉬운 일이 아니었다. 티몬의 다리가 회복될 때까지 한 달의 시간이 너무도 길게 느껴졌다.

THIS IS MY HAPPY PLACE

고양이 깁스
고양이 입원
나를 믿지 않은 고양이
귀여운 고양이

다리 깁스를 하는 동안
집 안 생활에 적응해 가는 티몬

티몬은 다리 깁스를 풀고 나서도
항상 깁스를 하고 있는 것처럼
한쪽 다리를 뻗고 앉는다.

형제인 심바와 티몬은
어릴 때부터 지금까지
가장 친한 최고의 친구다.

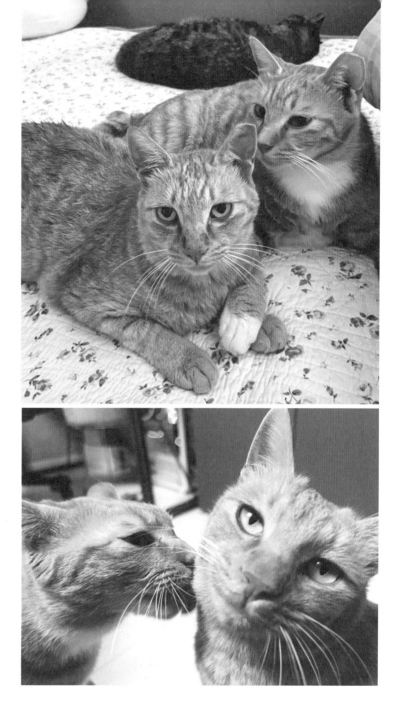

'심바'와 '티몬'은
4형제 중 사이가 가장 좋다.
항상 같이 자고, 많은 시간을 함께한다.

26

조용한 친구를
좋아하는
날라

날라는 처음부터 나와 친하진 않았다. 날라의 형제인 심바와 티몬
이 아픈 관계로 집 안에서 치료 중이었을 때, 날라는 나름대로 나
와 친해지기로 마음을 정한 듯했다. 겨울이 오고 뒤늦게 심바, 티
몬에 합류하여 날라도 집 안으로 들어왔다. 날라는 다른 고양이들
이 집 안에서 어떻게 생활하는지를 유심히 관찰하며 잘 적응했다.
내가 만지는 것을 좋아하지 않는 것 같아 처음에는 조심스럽게 대
했는데, 언제부터인가 스스로 내 책상까지 올라와 나에게 만져 달
라 할 만큼 애교가 많아졌다. 영리한 날라는 사실 친한 고양이와
만 친하게 지낸다.

많은 사진에서 '날라'는 늘 조용한 성격의 '달고나'와 자고 있다.

양말 벗은 고양이
이상한 목소리
눈을 맞추는
말하는 고양이

치타

몽키

27

단둘이 남은
엄마와 딸

몽키와 치타

몽키를 처음 만난 건 이웃집 마당에서 몽키가 4마리의 새끼를 낳았을 때였다. 시간이 지난 후 몽키가 우리 집 마당에 찾아왔는데, 아기 고양이는 한 마리뿐이었다. 우리는 멀리 서 있는 아기 고양이의 모습을 보고 '치타'라 불렀다.

형제가 없이 자라서인지 몽키는 치타를 과잉보호했고, 나와 치타는 친해질 시간을 가지기 어려웠다. 치타는 생후 5개월이 지나도록 독립하지 않고, 엄마 고양이만 따라다녔다. 행여 엄마 몽키가 보이지 않으면 울면서 찾아다녔다. 시간이 지나면서 나는 자연스럽게 치타와 친해졌는데, 여전히 몽키와는 거리가 있다.

아기 고양이 치타가 편하게 밥을 먹을 수 있도록 곁을 지키는 엄마 고양이 몽키

사랑받고 자라서인지 예뻐진 '치타'.
환경이 바뀌면 고양이들도 묘상이 변한다.

몽키의 아기 고양이들은 태어난 지 얼마 안 되어
별이 되었고 치타 혼자만 남았다.

머리띠를 한 '몽키'

치타는 독립하기 싫은 아기 고양이다.
항상 엄마 곁에 살고 싶은 치타

우리집 마당냥이 중
가장 어린 '치타'

몽키와 치타는 도움이 필요하거나 추운 날이면 집 안으로 들어왔다.
집 안에 있는 다른 고양이들과도 잘 지내며 처음부터 집고양이였다는 듯 자연스럽게 적응했다.

28

가장 추울 때 태어나 따뜻한 날 떠난

쇼리

(2021년 11월~2024년 5월 8일)

예삐의 아기 고양이 중 하나인 쇼리는 늦가을에 태어나 바로 혹독한 겨울을 맞이했다. 한겨울 마당에 아기 고양이들을 데리고 온 예삐 가족이 걱정되어 3~4시간마다 일어나 고양이집에 핫팩을 놓아주었다. 엄마 고양이 예삐는 어느 날 떠났고, 아기 고양이들은 내 손을 타지 않은 채 컸다.

1살이 지난 쇼리는 유난히 몸집이 작아 힘센 고양이들에게 밀리는 듯했다. 도와주고 싶었지만, 밥 먹을 때를 제외하면 내게 가까이 온 적 없는 소심한 고양이였다. 한 번도 만져 본 적 없는 쇼리가 3일 내내 비가 오던 마지막 날(2024년 5월 7일), 나를 찾아왔다.

엄마 고양이 예삐가 나의 마당에 데려왔던 어릴 적의 '쇼리'

다리에는 뼈만 남아 있었고, 제대로 걷지도 못했다. 스스로 알고 찾아온 것일까…. 쇼리는 만지는 것을 허락하는 듯 내 옆에 편안하게 누웠다. 그렇게 마지막이 되어서야 쇼리를 만져 볼 수 있었다. 캣 맘으로 지낸 8년 동안 많은 고양이가 별이 되기 전이면 집으로 찾아와 마지막을 나와 함께해 주었다. 내가 고양이들을 돌보며 그들을 살리는 것만큼 중요하게 생각하는 것이 그들의 마지막을 함께해 주는 것이다.

쇼리의 마지막 모습

마지막을 나와 함께하려 찾아와 준 쇼리는
아주 편안하게 2층 계단 창가에서
따뜻한 햇살을 받으며 별이 되었다.

28

생사를 알 수 없는
나의 아들 같은 고양이
포터

호돌이가 두 번째 출산으로 낳은 '해리'와 '포터' 중 해리는 태어난 지 얼마 지나지 않아 별이 되었다. 이상하게도 호돌이는 혼자 남은 포터를 물어다가 빈 공터에 두고 오는 행동을 반복했고, 결국 나는 포터를 집 안으로 데려와 키우게 되었다.

처음에는 포터를 살리기 위해 한 달 동안 동물병원을 매일 가야 했다. 포터는 처음부터 사랑스러웠고, 반려견 할리를 무척 좋아해 커서도 집고양이처럼 지냈다.

포터가 2살이 되어 갈 때, '커피 시리즈 아기 고양이' 4남매를 집 안에서 돌보게 되면서 오로지 나의 사랑을 독차지하던 포터는 다른 고양이들과 함께 살아야 한다는 사실에 힘들어했다.

포터는 커서도
할리를 좋아했다.

할리는 포터와
밤낮으로 함께하며
엄마이자, 가장 좋은 친구가
되어 주었다.

포터를 키우는 동안, 엄마 고양이 호돌이게도 포터가 잘 크고 있음을 항상 보여 주었다. 호돌이는 포터가 내 품에서 안전하게 잘 크고 있는지를 확인하려는 듯 매일매일 창가에 왔다. 예방접종을 마친 포터는 건강한 모습으로 창밖의 엄마 고양이 호돌이와 재회하게 되었지만, 정작 진짜 엄마 고양이를 보고는 멀리하기 시작했다.

엄마 고양이 호돌이는 몇 달간 매일 현관을 찾아와
내 품에 크고 있는 아기 고양이 포터를 유리창 사이로 보여 달라 했다.

엄마 고양이 호돌이와 재회를 했지만
포터는 진짜 엄마 고양이를 보고는 멀리하기 시작했다.

3년 전, 자고 일어나 보니 포터가 사라졌다.
집 밖으로 나간 포터는 지금까지 돌아오지 못했다.
사라진 첫날은 돌아오겠거니 했고, 이틀째에는 포터를 찾아다녔다.
그다음 날부터는 비슷한 색의 고양이를 보면 긴장됐고, 포터가 아니라는 사실에 슬퍼졌다.
가끔 고속도로에서 실종된 자녀를 찾는 현수막을 보면서
'저렇게 오랜 세월이 지났는데도 찾고 있을까' 생각했는데,
지금 나의 마음이 그렇다. 현수막을 걸어 찾을 수만 있다면 그렇게 하고 싶다.
생사를 알 수 없으니 항상 더 생각나고, 여전히 생각만 해도 눈물이 난다.
어딘가에서 또 다른 캣 맘을 만나 포터가 안녕하기만을 기도한다.

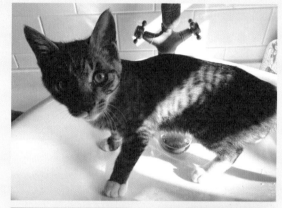

포터가 살아서
다시 나에게 돌아와 준다면
얼마나 좋을까, 생각해 본다.

29

직접 찾아와
집사 간택을 한
푸바오

2024년 4월, 처음 본 고양이가 우리 집 마당에서 여유롭게 걸어다니고 있었다. 분명 처음 만난 사이인데, 나를 보고는 아는 척을 했다. 반려견 할리를 보고도 무서워하지 않고, 할리 이마에 박치기까지 하며 고양이 인사를 나눴다. 아무렇지도 않게 집 안으로 따라 들어와 다른 고양이들에게도 친한 척을 했다. 하지만 우리 집 마당 냥이들은 나보다 똑똑하다. 푸바오를 보자마자 피했다.

나는 그런 고양이에게 이름을 지어 불렀다. "푸바오~"

푸바오는 현관에서도 자고, 야외 소파에서도 자고, 저녁이 되면 집 안으로 당연하다는 듯이 따라 들어오기도 한다. 원하는 것이 있으면 큰소리로 말도 한다.

나도 처음에는 푸바오를 받아 주지 않으려 했는데, 3년 전 사라진 나의 집고양이 포터가 어딘가에서 밥도 주고, 편히 쉴 공간도 내어 주는 집사를 만났기 바라는 마음에서 푸바오를 대접해 주기로 마음먹었다.

푸바오는 다른 고양이들과 친해지려 애썼지만, 고양이들은 잘 받아 주지 않았다. 하지만 푸바오의 계속된 노력으로 마당냥이들과 할리가 푸바오를 식구로 인정해 주었다.

타고난 성격이
예민하지 않아
어디서든 잘 먹고, 잘 잔다.

만난 지 한 달 된 푸바오가 마치 이전부터
우리 집에 살았던 것처럼 잘 지내는 모습을 보면
고양이들과의 묘연이 따로 있다는 것을 실감하게 된다.

처음 만난 고양이들과도
잘 지내는 푸바오

집사 간택한 길냥이
묘연
추정 나이 1살
잘 지내 줘

마당과 집을 자유롭게 오고 가는
미아 힐링하우스 고양이들의 정원생활

미아 힐링하우스 마당냥이들은 자유롭다.
비가 연달아 내리는 장마나
추운 겨울에 나의 도움이 필요하다 느끼면
스스로 나를 찾아와 집 안에서 생활한다.

이 모든 것은 내가 아니라
고양이들 스스로 판단한다.

내가 주는 사료와 물을 먹는 고양이 중에는
여전히 내 손길을 거부하는 냥이들도 있다.
그것 또한 스스로의 선택이라 믿는다.

날씨가 좋아지면 모두 집 밖으로 나가 햇볕을 쬔다.
고양이들의 생활에도 나름의 질서가 생겼고,
야생성도 적당히 남아 있다.
자연을 느끼고 즐기며 살다 갈 수 있도록 돕는 것이
내가 고양이들에게 해 줄 수 있는 최선의 선택이라 믿는다.

Mia-healing house

30대에는 서울에 살면서
새로운 맛집을 찾아다니며 밥도 먹고,
더 멋진 카페를 만날 때까지 카페 투어도 했다.
지금 생각해 보면 먹고, 마시는 일에
많은 소비를 했다.

40대에는 나만의 정원에서 홈카페를 즐겼다.
커피머신도, 차의 종류도 매년 업그레이드하면서
색다른 소비를 해 왔다.

어디에 많은 소비를 하고 있는지를 보면 일상이 보인다.
지금 나는 고양이들을 위한 복지, 소소한 인테리어 소품,
새로운 먹거리들에 대부분을 소비하고 있다.

나의 50대는 무엇을 위해 소비하는 삶을 살지
정해야 할 시간이 다가오고 있다.

고양이 정원사가 되다

나의 정원에서
나의 시간을 함께해 주는
나의 반려견 할리와 마당냥이들.

우리는 함께할 수 있는 것들이 참 많다!

나와 너희만 있는 이 순간은
아무도 모르는 다른 세계에
잠시 와 있는 것 같다.

정원이 돌려주는 시간

여러 단점 때문에 전원주택에서 살지 않기로 했다는 사람들을 많이 보았다. 그들이 말하는 단점 중 하나가 마당의 잔디를 관리하는 게 일이라는 것이다. 모든 일이 그렇지만, 누군가에게는 큰 장점이 누군가에게는 살수 없을 만큼 큰 단점이 되기도 한다.

나에게 정원은 책상에 앉아 모니터만 보던 나를 잠시 다른 세상에 데려가주는 곳이다. 정원의 시간은 천천히 흐른다. 어떤 옷을 걸치든 누구 하나상관하지 않고, 이곳에서 만나는 동물들은 처음 만난 사이에도 어색해하지 않는다. 이곳에 왜 사냐고 누군가 묻는다면, 영화처럼 다른 세계로 넘나드는 듯한, 아무도 모르는 시간을 돌려주는 장소인 정원이 있기 때문이라고 말하고 싶다.

마당냥이들이 식물을 좋아하고
관심이 많다는 것을 알게 되었다.
사람도 동물도 결국
자연이 주는 환경이 최고인가 보다.

정원에서 마당냥이들과 함께하는 시간.
내가 마당에서 시간을 보내면
고양이들도 온종일 나와 함께한다.

정원에 일하고 있다 보면
마당냥이가 하나둘씩 모여든다.
각자의 자리에 앉아서
나를 지켜보기도 하고, 나를 따라다니기도 한다.
마당냥이들이 나의 친구가 되어 주기에
나는 외로움을 느낄 틈이 없다.
내가 아끼는 꽃들이라는 것을 냥이들도 아는 듯
심은 꽃을 망가트리지 않으려
꽃들 사이사이로 걸어 다닌다.

사람에게도, 냥이들에게도
자연을 느낄 수 있는 공간은
스트레스를 줄이는 데
큰 도움이 되는 것 같다.

고양이들이 좋아하는 장소에 매트를 깔아 두면
자기들을 위해 해 둔 것을 바로 알아챈다.
마당냥이들은 아침에 매트 위에 누워
햇볕을 충전하며 낮잠을 잔다.

고양이들은 생각보다 독립적이지 않다.
늘 나를 따라다니고 내가 하는 모든 행동을
프로파일러처럼 관찰한다.

마당 일을 하려 해도 두 걸음 걷기가 쉽지 않다.
옮기는 발걸음마다 내 신발 위에 눌러앉아
움직이지 않는 고양이들 때문이다.
어쩔 땐 아무리 더워도 내 무릎 위에 자리 잡고 앉아
온종일을 함께하고 싶어 한다.

미아 힐링하우스 마당냥이들은
정원에서 아침부터 저녁까지
즐기는 방법을 잘 알고 있다.

오전에는 정원에 누워
원하는 만큼 햇볕을 쬐고
오후에는 나무 그늘에
각자 흩어져 휴식을 취한다.

추위를 피해 집 안으로 들어오는
마당냥이들의 겨울나기

온도에 예민한 고양이들이 폭설과 영하의 날씨가 이어지는 겨울을 스스로 이겨 내기는 쉽지 않다.
사실 나도 고양이에 대해 잘 몰랐던 8년 전만 해도 동물들이 스스로 다 살아남을 수 있다고 생각했다.

그런데 막상 물과 사료를 공급해 주어도 겨울이 지나면 많은 고양이가 면역력이 떨어져 별이 되었다.
이후 미아 힐링하우스는 집 안에 들어오기 원하는 냥이들이 자유롭게 출입할 수 있는 환경을 만들었다.

미아 힐링하우스 마당냥이들의 입주 규칙 사항

1. 반려견 할리와 사이 좋은 고양이만 입주한다.
2. 배변 훈련이 완벽한 고양이만 입주한다.
   (신기하게도 마당에서 태어난 냥이들은 100% 배변 훈련이 되어 있다.)
3. 냥이들 사이에서 싸움을 일으키면 쫓겨난다.
4. 아프거나 나이 든 고양이들이 우선으로 좋은 잠자리를 제공받는다.
5. 단체 생활을 힘들어하는 고양이들만 방을 제공한다.
6. 강제로 마당냥이들을 집 안으로 들이거나 가두는 일은 없다.

2022년 11월부터 미아 힐링하우스 고양이 식구들은 집 안에서 겨울을 지내고 있다.
긴 겨울밤을 피해 집 안으로 들어온 냥이들을 위해 내가 할 수 있는 것은
부족하지 않은 식사와 따뜻한 잠자리를 제공하고, 화장실을 깨끗하게 유지해 주는 것이다.

모든 고양이가 집 안에 있기를 원하는 것은 아니다.
집 밖 마당에서 겨울을 견디는 냥이들도 있는데, 나는 그것을 그들의 선택에 맡긴다.

바깥 고양이들이 따뜻한 식사를 할 수 있도록 통조림을 벽난로에 데운다.
겨울에는 따뜻한 물을 자주 줘야 한다.
나와 반려견 할리, 고양이들은 힘들지만
조금씩 양보하고 나름의 질서를 유지하며 밖으로 나갈 봄을 기다린다.

겨울 동안 집 안으로 들어온 냥이들은 자유롭게 무리를 이뤄 잠을 잔다.

창문 좀
빨리 열어 줘- 집사!

눈이 내리자 창밖에서 곰돌이와 달고나가 창문을 열어 달라고 기다리고 있다.
집 안에 있는 나와 눈이 마주칠 때까지 기다리는 곰돌이와 달고나

겨울밤에 집 안으로
들어오지 않는 신명이는
오리털 담요 안에 있다.

담요 속으로 간식을 넣어 주면
맛나게 먹는다.

담요를 어색해했던 신명이가
담요를 스스로 덮을 줄 알게 되었다.

서로 부모도 다르고, 나이도 다르지만 자연스럽게 가족으로 받아들이며
사고 없이 잘 지내는 미아 힐링하우스의 고양이들

Mia_Healinghouse
고양이들의 겨울나기

밤사이 떨어진 기온에
집 안으로 찾아오는 마당냥이들.
고양이 소파는 벌써 예약이 끝났다.

몸이 힘들 때도 알아서 찾아와
물건 하나 건들지 않고
잠만 자고 다시 하나둘 나간다.

스스로 어떻게 해야
이곳에 머물 수 있는지
규칙 사항을 아는 듯하다.

우리 집 고양이 VIP룸.
모자 사이인 밤톨이(8살)와 곰돌이(7살)만이
평생 회원권을 가진 방이다.
이른 아침 문을 열어 두면
물건 하나 건들지 않고 그대로 누워 있다
해가 뜨면 다시 밖으로 나간다.
까칠한 밤톨이가 다른 고양이를 싫어해서
VIP룸을 줬는데, 밤톨이는 여러 아들 중에
아들 곰돌이만 함께 있는 것을 허락한다.

친한 고양이들끼리 모여서 잠을 잔다.

냥이들도 끼리끼리

사람들만 그런 게 아니다.
고양이들도 친한 사이끼리 함께 자고
끼리끼리 그루밍해 주고
밥도 친한 친구 옆에서 먹는다.
늘 혼자 자고, 밥도 따로 먹는 냥이들도 있지만,
같이 자면서 체온을 나눠야 하는 겨울에는
홀로 된 냥이들은 살아남기 힘들다.
'끼리끼리'가 꼭 나쁜 것만은 아니다.

미아 힐링하우스 냥이들은
집에서 많은 시간 잠을 잔다.
노는 곳이 아니라
쉼터라 생각하기 때문이다.

Mia-healing house

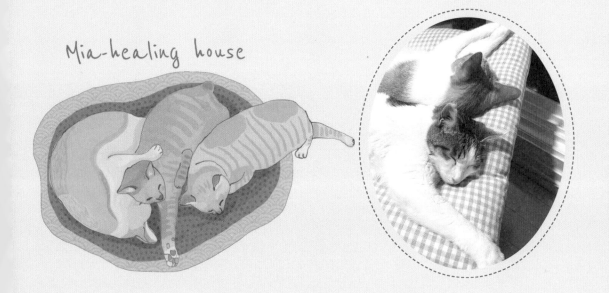

허그

나의 경험으로는
약을 먹이고 잠자리를 준다고
아픈 고양이가 살 확률은 많지 않다.

고양이들끼리 서로 핥아 주고, 안아 주고
체온을 나누며 충분한 잠을 잘 때
치료의 효과가 있다.
체온을 나누는 것만큼 중요한 것은 없다.

허그는 서로를 치료하는 약이 된다.
특히 고양이들 간 허그는
죽어 가는 시간도
삶으로 돌려놓는 마법과 같다.

함께 사는 이유

사람들이 고양이들을 아무리 쫓아내고 싶어해도
고양이들이 사람들 곁을 떠나지 않고 머무는 데는 다 이유가 있다.
우리가 그들을 돕는 만큼,
그들 또한 사람들 곁에서 할 일을 하고 있다.

고양이들의 질서 지키기

어느 날, 밥 먹으러 오는 고양이들에게
자기 밥그릇과 순서를 지키게 했더니
이렇게 알아서 차례를 기다린다.
고양이들은 모든 것을 빨리 배운다.

밥과 잠자리가 해결되면
고양이 세상에도 평화가 찾아온다.

아무런 상관없는 사이

엄마가 같지도 않고,
태어난 날도 다르며,
모성애가 있지도 않은
5개월 된 수컷 고양이와 3살 된 개가
아기 고양이를 보살핀다.

누가 가르치거나 시켜서는 할 수 없는 것인데
자연스럽게 서로를 돌본다.
동물들의 삶은 내가 상상한 것 이상으로
조화롭고 지혜롭다.

케빈

케빈은 고양이가 아닌 사람이다.
케빈은 나와 함께 사는 나의 짝이다.

내가 마당냥이들을 돌보기 시작했을 때,
케빈은 나에게 마당냥이들을 어디까지 돌보고 살릴지를
생각해야 한다고 경고하듯 말했다.
하지만 '모카'의 안구 적출 수술을 결정하고
2년 동안 약을 먹인 것은 케빈이었고,
주기적으로 마당냥이들을 위한 사료와 간식을 사 오며
병원에 가야 하는 고양이들을 위해
아낌없이 시간과 비용을 지불하고 있는 사람이 바로 케빈이다.
겨울에 추위를 피해 집 안으로 들어온 고양이들을 위해
새벽이면 일어나 벽난로에 장작을 넣어 주는 케빈은, 최고의 집사다.

케빈은
참 좋은 고양이 집사이면서
참 좋은 남편이다.

나를 많이 좋아했던 마당냥이 '레오'도,
간질 증상으로 늘 힘든 '심바'도
케빈의 품에서 잠이 들었다.

거 리 두 기

거리두기

캣 맘 할리는 스스로 '고양이들과 친해지는 법'을 배웠다.
먼저 성급하게 다가가지 않고,
아기 고양이들이 밥을 먹거나 놀 때면 먼 거리에서 엎드려 바라만 본다.
아기 고양이들이 할리에게 본능적으로 소리를 내거나
공격적으로 다가와도 할리는 머리를 숙이며 다 받아 준다.
시간이 흘러 아기 고양이들도 겁내지 않고 할리에게 다가가기 시작했고
할리는 거리를 좁혀 고양이들의 눈높이에 맞춰 엎드려 줬다.
할리가 스스로 인내하고 기다려 주면
고양이들도 할리를 캣 맘으로 받아 줬다.

사람인 나도 1년이 걸린
야생 고양이들의 마음을 얻는 일을
할리는 3개월 안에 해냈다.

집이 필요해

비가 와도 눈이 와도
우리 모두에게는 집이 필요해.
다들 안녕히 따뜻한 곳에서
행복하게 있기를….

겨울에는 무조건

친구든 가족이든 꼭 붙어서
체온을 나눠야 살 수 있다.

체온 나누기

고양이들끼리만 체온을 나누는 게 아니다.
나를 진짜 엄마로 아는 고양이들은
기회만 되면 나와 잠을 함께 자려 한다.
체온을 나누는 시간은
교감을 할 수 있는 필수조건이다.

뒷모습

멀리서 뒷모습만 봐도 누가 누군지 다 안다.
사람들의 걸음걸이가 다르듯
냥이들의 걸음걸이도 다르다.

잠자리

계속되는 비와 서늘해진 날씨에
쉬고 싶은 냥이들이 찾아온다.
지금 필요한 건 밥도, 물도 아닌
원하는 만큼 두 눈 감고 잘 수 있는 잠자리.
푹~ 자고 나면 너도 좋아질 거야.
나도 그랬으니.

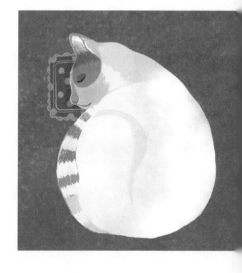

마당냥이를 돌보면서 가장 좋은 순간은
걱정 없이, 편안하게 웃으며 잠든 냥이들을 볼 때.
누구든 태어나 한 번쯤은
이렇게 잘 수 있어야 하지 않을까?

아프다는 신호

잔다.
또 잔다.
온종일 잔다.
평온한 낮잠.

너의 긴 잠이 아프다는 신호인 줄
이제야 알았다.

내 집 마련

가을비가 내리니 냥이들은
겨울이 곧 올 것을 아는 듯하다.
쉴 곳을 찾아내고는
얼굴만 내밀고 앉아
내 집 마련을 끝낸 표정이다.
숨어서 잠잘 곳만 있어도
오늘은 행복한 냥이다.

무지개다리를 넘은
미아 힐링하우스 고양이들, **별이 되다**

미아 힐링하우스를 찾아왔던 많은 고양이가 별이 되었다.
나의 마당에 가장 처음 아기 고양이를 데리고 왔던 **키티**,
이전부터 동네에 살고 있던 서열 1위 **스카**, 서열 2위 **신명이**, **오대오**, **마돈나**, **예삐**,
새끼를 출산하고도 젖을 먹이지 않던 **소리**, 소리의 아기 고양이 **장마**,
나와 함께 첫눈을 보았던 **양파**와 **상추**,
고양이와의 교감을 시작하게 해준 **환타**, **콜라**, **사이다**, **펩시**,
환타의 아기들(**망고**, **키위**, **체리**)과 콜라의 아기들(**비트**, **베인**, **아이비**, **펭귄**, **조커**),
밤톨이의 형제 **호두**, 호돌이의 아기 **MAY**, 밤톨이의 아기들(**베트**, **막내**, **레오**),
호돌이의 아기들(**감자**, **고구마**, **해리**),
7남매 중 가장 먼저 떠난 **야곱**,
많은 아기 고양이를 돌봐 준 아빠 고양이 **캔디**,
너무도 추웠던 2022년 겨울, 병든 몸으로 나를 찾아온 **봉지**와 **바야**,
추운 겨울에 태어나 따듯한 봄날에 별이 된 **쇼리**,
이 책을 마무리할 때 병원에 입원하면서 별이 된 **요셉**.

갑자기 사라져 소식을 알 수 없는 고양이들도 있다.
나의 아들 같은 고양이 **포터**, 마당에서 잘 있던 **구름이**, 뒷집에서 잘 지냈던 **담비**,
어디선가 잘 살고 있겠지만 어떤 이유에선지 마당에 오지 않는 **쿠팡**, **치토**, **준**.

나는 많은 고양이와 함께하며, 그들의 마지막을 함께했고,
지금도 여진히 많은 마당냥이들과 함께 살고 있다.

기억해야 할 이름들

내가 가장 처음 만들었던
마당냥이 '키티'와
아기 고양이들을 위한 집

내가 마당에서 처음 만난 '키티'와 아기 고양이들.
마당 끝에서 밥만 먹다가 조금씩 데크 위에서 놀았던 미아 힐링하우스의 첫 고양이 가족.

내가 이사 오기 전 이미 이곳 마당에 살고 있던 서열 2위
할아버지 고양이 '신명이'. 아기 고양이들을 챙기느라
끝까지 잘해 주지 못해 미안한 마음이 남아 있다.

'JUNE'(오른쪽)과 'MAY'(왼쪽)는 자매다.
MAY는 1살 때 별이 되었다.
JUNE도 지금은 우리 집에 오지 않는다.

2019년 장마 때 아기 고양이 '장마'를 놓고 떠난
엄마 고양이 '소리'

내가 이사 오기 전 이미 이곳 마당에 살고 있던 서열 1위
할아버지 '스카'. 서열 1위를 지키기 위한 몸싸움으로
몸에 항상 상처가 가득했다.

2016년 나의 마당에 선물같이 등장한 환타의 가족들.
전염병으로 인해 망고, 키위, 체리는 별이 되었다.

2022년 겨울, 병든 몸으로 나를 찾아온 '봉지'와 '바야'.
겨울을 함께 보내고 2024년 봄이 지나 별이 되었다.

어느 날 마당에 찾아와 잘 지내다가 사라진 '구름이'.
체격은 크지만 온순하고 조용히 살고 싶어 했다.

2018년 태어나서 나와 첫눈을 함께 보았던
'양파'와 '상추'는 첫 겨울을 보내고 사라졌다.

다른 형제들과 떨어져 집에 오지 않고 있는 '치토'.
나에게는 아픈 손가락 같은 고양이로,
언제든 다시 돌아오기를 기다리고 있다.

처음으로 마주했던 아픈 고양이 '담비'. 뒷집에 살던
담비와 친해지고 싶었지만 어느 날 사라져 버렸다.

'공생'이 가능해진 우리

내가 돌보았던 많은 고양이가 먼저 떠났지만,
고양이들의 세대는 이어졌다.
시간이 지날수록 나와 고양이들의 교감은 쉽게 이루어졌다.
우리는 함께 나이 들고 있다.
8년이 지나고 나니 우리는 마당과 집을 공유하며
함께 사는 사이가 되었다.

Epilogue

8년 동안 많은 고양이가 길냥이에서 마당냥이로, 마당냥이에서 반 집냥이로
변해 갔던 기록을 남긴 데는 이유가 있었다.
아직도 많은 사람들이 고양이, 더 나아가 동물에 대해 오해하고 있기 때문이다.
길냥이들은 이름을 불러도 모를 거라 생각하는 사람도 있고,
야생에서 태어났으니 사람이 돕지 않아도 잘 살아갈 수 있다고 생각하는 사람도 있다.
나의 경험으로는 길에서 태어난 고양이들은 밥과 물을 주고, 심지어 병을 치료해 주어도
타고난 유전병, 태어나는 환경에서 오는 바이러스, 고양이들 간의 전염병,
길고 긴 추위 등을 이유로 2년을 못 살고 별이 되는 경우가 많았다.

캣 맘이 밥을 주어서 길고양이 수가 늘어난다는 사람들의 불만을 들은 적 있다.
그러나 사실 많은 캣 맘이 자비를 들여 길고양이들에게 '중성화 수술'을 해주며
고양이들의 복지 개선과 함께 사람 사는 환경을 지키려 애쓰고 있다는 사실을 알리고 싶다.
모든 사람이 고양이를 돌보고, 밥을 줘야 한다고 말하는 건 아니다.
사람과 동물의 관계는 사람이 우위에 있어 자신이 편하고자 동물을 함부로 할 수 있는
관계가 아님을 말하고 싶은 것이다.

우리는 동물을 보호하고, 그들을 지켜 줄 의무와 능력이 있고
그들 또한 자기들이 할 수 있는 일들을 사람에게 해줄 것이다.
사람들을 피해 밥만 찾아 헤매는 고양이들이 아니다.
고양이들은 새끼를 지키기 위해 사람에게 도움을 요청할 줄도 알고,
많은 생각과 최선을 다해 고마움을 표현하며 사람 곁에서 살아가고 있다.

캣 맘의 삶은 힘든 길이다.
외출이 자유롭지 못하고,
어떤 사람들에겐 이해할 수 없는 사람이 되기도 한다.
더우나 추우나 밥과 물을 챙겨 줘야 하고,
아픈 애들을 강제로 잡아서 병원에 데려가기도 해야 한다.
또, 죽은 고양이들의 마지막을 함께해야 한다.

하지만 이런 순간이 온다.

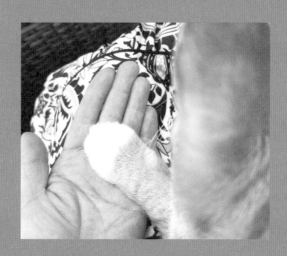

공생하며
서로를 고마워하는 순간.

우
리

사람들은 내게 말한다.
"좋은 일 하시니, 복 많이 받으실 거예요."
많은 시간과 물질, 육체적 희생까지….

사실 나만 고양이들에게 준 것이 아니었다.
마당냥이들은 나에게 이미 은혜를 갚았다.

고양이들은 나의 꿈이었던 그림을 시작하게 해 주었고,
나의 작은 기록들을 만들어 주었다.
별이 되기까지 나와 함께하면서
우리에게 주어진 하루하루가 소중하다는 사실을
알려 준 미아 힐링하우스의 마당냥이들 모두에게 고마웠다고 말하고 싶다.

mia_healinghouse

Thanks to

나 때문에 고양이(토비)를 키워 주는 엄마, 나와 함께 캣 대디가 되어 최선을 다해 지원해 주는 케빈,
나에게 평생 나갈 길을 이끌어 주시는 강춘 스승님, 미아 힐링하우스의 기록이 책이 되도록 도와주신 에디터 김수현님,
나와 함께 동물 복지에 힘써 주는 '지산캣맘(남희언니, 조이언니, 연정언니, 제이언니, 오여사, 영지)'들,
힘든 상황의 고양이들을 언제든 받아 주고 치료해 주신 김재원 동물병원 원장님,
많은 고양이 물품을 나눠 주시는 금동이네 언니와 오빠, 나의 작은 영향으로 고양이들에게 관심을 갖기 시작한 경화언니, 친구 효숙이,
나의 생활에 수많은 질문들 던지며 고양이를 무서워하다 마당냥이들과 함께하는 세라언니,
고양이를 멀리하다 구조도 하시고 고양이 간식도 주시는 트란시 언니,
몸과 마음이 지쳐 있는 캣맘들, 미아 힐링하우스 마당냥이들의 안부를 묻고 함께해 주시는 인친님들께 감사한 마음을 전하고싶다.

mia_healinghouse

미아 힐링하우스

내가 만난 고양이, 나를 만난 고양이

초판 1쇄	2024년 8월 10일
지은이	박미아
발행인	유철상
책임편집	김수현
편집	김정민
디자인	박미영
마케팅	조종삼, 김소희
콘텐츠	강한나
펴낸곳	상상출판
출판등록	2009년 9월 22일(제305-2010-02호)
주소	서울특별시 성동구 뚝섬로17가길 48, 성수에이원센터 1205호(성수동2가)
전화	02-963-9891(편집), 070-7727-6853(마케팅)
팩스	02-963-9892
전자우편	sangsang9892@gmail.com
홈페이지	www.esangsang.co.kr
블로그	blog.naver.com/sangsang_pub
인쇄	다라니
종이	㈜월드페이퍼

ISBN 979-11-6782-205-5 (03810)
ⓒ2024 박미아